GAME OF THRONES™

2016 ENGAGEMENT CALENDAR

UNIVERSE

Published by UNIVERSE PUBLISHING
A Division of Rizzoli International Publications, Inc.
300 Park Avenue South
New York, NY 10010
WWW.RIZZOLIUSA.COM

Equinox, solstice, and full moon dates are given according
to Eastern Standard Time or Eastern Daylight Time as applicable.

Design by Celina Carvalho
Printed in Hong Kong, PRC

WHEN YOU PLAY THE GAME OF THRONES,
YOU WIN OR YOU DIE.

S	M	T	W
		1	2
6	7 LABOR DAY (US & CANADA)	8	9
13 ROSH HASHANAH (BEGINS AT SUNDOWN)	14	15	16
20	21 INTERNATIONAL DAY OF PEACE	22 YOM KIPPUR (BEGINS AT SUNDOWN)	23 FIRST DAY OF AUTUMN
27 FULL MOON	28	29	30

T	F	S
3	4	5
10	11	12
17	18	19
24	25	26

SEPTEMBER 2015

S	M	T	W
4	5	6	7
11	12 COLUMBUS DAY (US) THANKSGIVING DAY (CANADA)	13	14
18	19	20	21
25	26	27 FULL MOON	28

T	F	S
1	2	3
8	9	10
15	16	17
22	23	24
29	30	**31** Halloween

OCTOBER 2015

S	M	T	W
1 DAYLIGHT SAVING TIME ENDS (US & CANADA)	2	3 ELECTION DAY (US)	4
8 REMEMBRANCE SUNDAY (UK)	9	10	11 VETERANS DAY (US) REMEMBRANCE DAY (CANADA)
15	16	17	18
22	23	24	25 FULL MOON
29	30		

T	F	S
5	6	7
12	13	14
19	20	21
26 Thanksgiving Day (US)	27	28

NOVEMBER 2015

S	M	T	W
		1	2
6 HANUKKAH (BEGINS AT SUNDOWN)	7	8	9
13	14	15	16
20	**21** FIRST DAY OF WINTER	22	23
27	28	29	30

T	F	S
3	4	5
10 HUMAN RIGHTS DAY	11	12
17	18	19
24	25 CHRISTMAS FULL MOON	26 KWANZAA BEGINS BOXING DAY (CANADA & UK)
31		

DECEMBER 2015

S	M	T	W
3	4	5	6
10	11	12	13
17	18 MARTIN LUTHER KING JR. DAY (US)	19	20
24	25	26	27
31			

T	F	S
	1 NEW YEAR'S DAY	2
7	8	9
14	15	16
21	22	23 FULL MOON
28	29	30

JANUARY 2016

S	M	T	W
	1	2	3
		GROUNDHOG DAY	
7	8	9	10
	CHINESE NEW YEAR		ASH WEDNESDAY
14	15	16	17
ST. VALENTINE'S DAY	PRESIDENTS' DAY (US)		
21	22	23	24
	FULL MOON		
28	29		

T	F	S
4	5	6
11	12	13
18	19	20
25	26	27

FEBRUARY 2016

S	M	T	W
		1	2
6	7	8 INTERNATIONAL WOMEN'S DAY	9
13 DAYLIGHT SAVING TIME BEGINS (US & CANADA)	14	15	16
20 FIRST DAY OF SPRING PALM SUNDAY	21	22	23 FULL MOON
27 EASTER	28 EASTER MONDAY (CANADA & UK)	29	30

T	F	S
3	4	5
10	11	12
17 St. Patrick's Day	18	19
24	25 Good Friday	26
31		

MARCH 2016

S	M	T	W
3	4	5	6
10	11	12	13
17	18	19	20
24	25	26	27

T	F	S
	1	2
7	8	9
14	15	16
21	22 Passover (Begins at Sundown) Full Moon Earth Day	23
28	29	30

APRIL 2016

S	M	T	W
1 ORTHODOX EASTER	2 EARLY MAY BANK HOLIDAY (UK)	3	4
8 MOTHER'S DAY	9	10	11
15	16	17	18
22	23 VICTORIA DAY (CANADA)	24	25
29	30 MEMORIAL DAY (US) SPRING BANK HOLIDAY (UK)	31	

T	F	S
5	6	7
12	13	14
19	20	21 Full Moon
26	27	28

MAY 2016

S	M	T	W
			1
5 Ramadan (Begins at Sundown)	6	7	8
12	13	14	15
19 Father's Day	20 First Day of Summer Full Moon	21	22
26	27	28	29

T	F	S
2	3	4
9	10	11
16	17	18
23	24	25
30		

S	M	T	W
3	4 INDEPENDENCE DAY (US)	5 EID AL-FITR (BEGINS AT SUNDOWN)	6
10	11	12	13
17	18	19 FULL MOON	20
24	25	26	27
31			

T	F	S
	1	2
	Canada Day	
7	8	9
14	15	16
21	22	23
28	29	30

JULY 2016

S	M	T	W
	1	2	3
7	8	9	10
14	15	16	17
21	22	23	24
28	29 SUMMER BANK HOLIDAY (UK)	30	31

T	F	S
4	5	6
11	12	13
18	19	20
FULL MOON		
25	26	27

AUGUST 2016

S	M	T	W
4	5 LABOR DAY (US & CANADA)	6	7
11	12	13	14
18	19	20	21 INTERNATIONAL DAY OF PEACE
25	26	27	28

T	F	S
1	2	3
8	9	10
15	16 Full Moon	17
22 First Day of Autumn	23	24
29	30	

S	M	T	W
2 ROSH HASHANAH (BEGINS AT SUNDOWN)	3	4	5
9	10 COLUMBUS DAY (US) THANKSGIVING DAY (CANADA)	11 YOM KIPPUR (BEGINS AT SUNDOWN)	12
16 FULL MOON	17	18	19
23	24	25	26
30	31 HALLOWEEN		

T	F	S
		1
6	7	8
13	14	15
20	21	22
27	28	29

OCTOBER 2016

S	M	T	W
		1	2
6 DAYLIGHT SAVING TIME ENDS (US & CANADA)	7	8 ELECTION DAY (US)	9
13 REMEMBRANCE SUNDAY (UK)	14 FULL MOON	15	16
20	21	22	23
27	28	29	30

T	F	S
3	4	5
10	11 VETERANS DAY (US) REMEMBRANCE DAY (CANADA)	12
17	18	19
24 THANKSGIVING DAY (US)	25	26

S	M	T	W
4	5	6	7
11	12	**13** FULL MOON	14
18	19	20	**21** FIRST DAY OF WINTER
25 CHRISTMAS	**26** KWANZAA BEGINS BOXING DAY (CANADA & UK)	27	28

T	F	S
1	2	3
8	9	**10** Human Rights Day
15	16	17
22	23	**24** Hanukkah (Begins at Sundown)
29	30	31

December 2016

AUGUST 2015 · **SEPTEMBER** 2015

AUGUST
M T W T F S S
1 2
3 4 5 6 7 8 9
10 11 12 13 14 15 16
17 18 19 20 21 22 23
24 25 26 27 28 29 30
31

SEPTEMBER
M T W T F S S
1 2 3 4 5 6
7 8 9 10 11 12 13
14 15 16 17 18 19 20
21 22 23 24 25 26 27
28 29 30

MON   31

SUMMER BANK HOLIDAY (UK)

TUE   1

WED   2

THU   3

FRI   4

SAT   5

SUN   6

SEPTEMBER
M T W T F S S
1 2 3 4 5 6
7 8 9 10 11 12 13
14 15 16 17 18 19 20
21 22 23 24 25 26 27
28 29 30

OCTOBER
M T W T F S S
1 2 3 4
5 6 7 8 9 10 11
12 13 14 15 16 17 18
19 20 21 22 23 24 25
26 27 28 29 30 31

SEPTEMBER 2015

MON   7

LABOR DAY (US & CANADA)

TUE   8

-

WED   9

THU   10

FRI   11

SAT   12

SUN   13

ROSH HASHANAH (BEGINS AT SUNDOWN)

SEPTEMBER

M	T	W	T	F	S	S
	1	2	3	4	5	6
7	8	9	10	11	12	13
14	15	16	17	18	19	20
21	22	23	24	25	26	27
28	29	30				

OCTOBER

M	T	W	T	F	S	S
			1	2	3	4
5	6	7	8	9	10	11
12	13	14	15	16	17	18
19	20	21	22	23	24	25
26	27	28	29	30	31	

September 2015

MON 14

TUE 15

WED 16

THU 17

FRI 18

SAT 19

SUN 20

SEPTEMBER

M	T	W	T	F	S	S
	1	2	3	4	5	6
7	8	9	10	11	12	13
14	15	16	17	18	19	20
21	22	23	24	25	26	27
28	29	30				

OCTOBER

M	T	W	T	F	S	S
			1	2	3	4
5	6	7	8	9	10	11
12	13	14	15	16	17	18
19	20	21	22	23	24	25
26	27	28	29	30	31	

SEPTEMBER 2015

MON   21

INTERNATIONAL DAY OF PEACE

TUE   22

YOM KIPPUR (BEGINS AT SUNDOWN)

WED   23

FIRST DAY OF AUTUMN

THU   24

FRI   25

SAT   26

SUN   27

FULL MOON

SEPTEMBER
M T W T F S S
1 2 3 4 5 6
7 8 9 10 11 12 13
14 15 16 17 18 19 20
21 22 23 24 25 26 27
28 29 30

OCTOBER
M T W T F S S
1 2 3 4
5 6 7 8 9 10 11
12 13 14 15 16 17 18
19 20 21 22 23 24 25
26 27 28 29 30 31

September 2015 · October 2015

MON	28
TUE	29
WED	30
THU	1
FRI	2
SAT	3
SUN	4

OCTOBER	NOVEMBER
M T W T F S S	M T W T F S S
1 2 3 4	1
5 6 7 8 9 10 11	2 3 4 5 6 7 8
12 13 14 15 16 17 18	9 10 11 12 13 14 15
19 20 21 22 23 24 25	16 17 18 19 20 21 22
26 27 28 29 30 31	23 24 25 26 27 28 29
	30

OCTOBER 2015

MON   5

TUE   6

WED   7

THU   8

FRI   9

SAT   10

SUN   11

OCTOBER

M T W T F S S
      1 2 3 4
5 6 7 8 9 10 11
12 13 14 15 16 17 18
19 20 21 22 23 24 25
26 27 28 29 30 31

NOVEMBER

M T W T F S S
         1
2 3 4 5 6 7 8
9 10 11 12 13 14 15
16 17 18 19 20 21 22
23 24 25 26 27 28 29
30

OCTOBER 2015

MON   12

COLUMBUS DAY (US) / THANKSGIVING DAY (CANADA)

TUE   13

WED   14

THU   15

FRI   16

SAT   17

SUN   18

OCTOBER
M T W T F S S
1 2 3 4
5 6 7 8 9 10 11
12 13 14 15 16 17 18
19 20 21 22 23 24 25
26 27 28 29 30 31

NOVEMBER
M T W T F S S
1
2 3 4 5 6 7 8
9 10 11 12 13 14 15
16 17 18 19 20 21 22
23 24 25 26 27 28 29
30

OCTOBER 2015

MON | 19

TUE | 20

WED | 21

THU | 22

FRI | 23

SAT | 24

SUN | 25

OCTOBER
M	T	W	T	F	S	S
			1	2	3	4
5	6	7	8	9	10	11
12	13	14	15	16	17	18
19	20	21	22	23	24	25
26	27	28	29	30	31	

NOVEMBER
M	T	W	T	F	S	S
						1
2	3	4	5	6	7	8
9	10	11	12	13	14	15
16	17	18	19	20	21	22
23	24	25	26	27	28	29
30						

OCTOBER 2015 · NOVEMBER 2015

MON — 26

TUE — 27

FULL MOON
WED — 28

THU — 29

FRI — 30

SAT — 31

HALLOWEEN
SUN — 1

DAYLIGHT SAVING TIME ENDS (US & CANADA)

NOVEMBER
M T W T F S S
                1
2 3 4 5 6 7 8
9 10 11 12 13 14 15
16 17 18 19 20 21 22
23 24 25 26 27 28 29
30

DECEMBER
M T W T F S S
   1 2 3 4 5 6
7 8 9 10 11 12 13
14 15 16 17 18 19 20
21 22 23 24 25 26 27
28 29 30 31

NOVEMBER 2015

MON   2

TUE   3

WED   4

THU   5

FRI   6

SAT   7

SUN   8

REMEMBRANCE SUNDAY (UK)

NOVEMBER 2015

NOVEMBER							DECEMBER						
M	T	W	T	F	S	S	M	T	W	T	F	S	S
						1		1	2	3	4	5	6
2	3	4	5	6	7	8	7	8	9	10	11	12	13
9	10	11	12	13	14	15	14	15	16	17	18	19	20
16	17	18	19	20	21	22	21	22	23	24	25	26	27
23	24	25	26	27	28	29	28	29	30	31			
30													

MON   9

TUE   10

WED   11

VETERANS DAY (US) / REMEMBRANCE DAY (CANADA)

THU   12

FRI   13

SAT   14

SUN   15

NOVEMBER
M T W T F S S
1
2 3 4 5 6 7 8
9 10 11 12 13 14 15
16 17 18 19 20 21 22
23 24 25 26 27 28 29
30

DECEMBER
M T W T F S S
1 2 3 4 5 6
7 8 9 10 11 12 13
14 15 16 17 18 19 20
21 22 23 24 25 26 27
28 29 30 31

NOVEMBER 2015

MON — 16

TUE — 17

WED — 18

THU — 19

FRI — 20

SAT — 21

SUN — 22

NOVEMBER 2015

NOVEMBER
M T W T F S S
                1
2 3 4 5 6 7 8
9 10 11 12 13 14 15
16 17 18 19 20 21 22
23 24 25 26 27 28 29
30

DECEMBER
M T W T F S S
   1 2 3 4 5 6
7 8 9 10 11 12 13
14 15 16 17 18 19 20
21 22 23 24 25 26 27
28 29 30 31

MON   23

TUE   24

WED   25

                                          FULL MOON
THU   26

                                  THANKSGIVING DAY (US)
FRI   27

SAT   28

SUN   29

NOVEMBER
M T W T F S S
1
2 3 4 5 6 7 8
9 10 11 12 13 14 15
16 17 18 19 20 21 22
23 24 25 26 27 28 29
30

DECEMBER
M T W T F S S
1 2 3 4 5 6
7 8 9 10 11 12 13
14 15 16 17 18 19 20
21 22 23 24 25 26 27
28 29 30 31

NOVEMBER 2015 · DECEMBER 2015

MON 30

TUE 1

WED 2

THU 3

FRI 4

SAT 5

SUN 6

HANUKKAH (BEGINS AT SUNDOWN)

DECEMBER 2015

M	T	W	T	F	S	S
	1	2	3	4	5	6
7	8	9	10	11	12	13
14	15	16	17	18	19	20
21	22	23	24	25	26	27
28	29	30	31			

JANUARY 2016

M	T	W	T	F	S	S
				1	2	3
4	5	6	7	8	9	10
11	12	13	14	15	16	17
18	19	20	21	22	23	24
25	26	27	28	29	30	31

MON   7

TUE   8

WED   9

THU   10

HUMAN RIGHTS DAY

FRI   11

SAT   12

SUN   13

DECEMBER 2015	JANUARY 2016
M T W T F S S	M T W T F S S
1 2 3 4 5 6	1 2 3
7 8 9 10 11 12 13	4 5 6 7 8 9 10
14 15 16 17 18 19 20	11 12 13 14 15 16 17
21 22 23 24 25 26 27	18 19 20 21 22 23 24
28 29 30 31	25 26 27 28 29 30 31

DECEMBER 2015

MON 14

TUE 15

WED 16

THU 17

FRI 18

SAT 19

SUN 20

DECEMBER 2015

M	T	W	T	F	S	S
	1	2	3	4	5	6
7	8	9	10	11	12	13
14	15	16	17	18	19	20
21	22	23	24	25	26	27
28	29	30	31			

JANUARY 2016

M	T	W	T	F	S	S
				1	2	3
4	5	6	7	8	9	10
11	12	13	14	15	16	17
18	19	20	21	22	23	24
25	26	27	28	29	30	31

DECEMBER 2015

MON 21

First Day of Winter

TUE 22

WED 23

THU 24

FRI 25

Christmas / Full Moon

SAT 26

Kwanzaa Begins / Boxing Day (Canada & UK)

SUN 27

DECEMBER 2015
M T W T F S S
1 2 3 4 5 6
7 8 9 10 11 12 13
14 15 16 17 18 19 20
21 22 23 24 25 26 27
28 29 30 31

JANUARY 2016
M T W T F S S
1 2 3
4 5 6 7 8 9 10
11 12 13 14 15 16 17
18 19 20 21 22 23 24
25 26 27 28 29 30 31

DECEMBER 2015 · JANUARY 2016

MON 28

TUE 29

WED 30

THU 31

FRI 1

NEW YEAR'S DAY

SAT 2

SUN 3

JANUARY

M	T	W	T	F	S	S
				1	2	3
4	5	6	7	8	9	10
11	12	13	14	15	16	17
18	19	20	21	22	23	24
25	26	27	28	29	30	31

FEBRUARY

M	T	W	T	F	S	S
1	2	3	4	5	6	7
8	9	10	11	12	13	14
15	16	17	18	19	20	21
22	23	24	25	26	27	28
29						

JANUARY

MON — 4

TUE — 5

WED — 6

THU — 7

FRI — 8

SAT — 9

SUN — 10

JANUARY	FEBRUARY
M T W T F S S	M T W T F S S
1 2 3	1 2 3 4 5 6 7
4 5 6 7 8 9 10	8 9 10 11 12 13 14
11 12 13 14 15 16 17	15 16 17 18 19 20 21
18 19 20 21 22 23 24	22 23 24 25 26 27 28
25 26 27 28 29 30 31	29

JANUARY

MON   11

TUE   12

WED   13

THU   14

FRI   15

SAT   16

SUN   17

	JANUARY							FEBRUARY					
M	**T**	**W**	**T**	**F**	**S**	**S**	**M**	**T**	**W**	**T**	**F**	**S**	**S**
				1	2	3	1	2	3	4	5	6	7
4	5	6	7	8	9	10	8	9	10	11	12	13	14
11	12	13	14	15	16	17	15	16	17	18	19	20	21
18	19	20	21	22	23	24	22	23	24	25	26	27	28
25	26	27	28	29	30	31	29						

JANUARY

MON

18

MARTIN LUTHER KING JR. DAY (US)

TUE

19

WED

20

THU

21

FRI

22

SAT

23

FULL MOON

SUN

24

JANUARY
M T W T F S S
          1 2 3
4 5 6 7 8 9 10
11 12 13 14 15 16 17
18 19 20 21 22 23 24
25 26 27 28 29 30 31

FEBRUARY
M T W T F S S
1 2 3 4 5 6 7
8 9 10 11 12 13 14
15 16 17 18 19 20 21
22 23 24 25 26 27 28
29

JANUARY

MON   25

TUE   26

WED   27

THU   28

FRI   29

SAT   30

SUN   31

FEBRUARY
M	T	W	T	F	S	S
1	2	3	4	5	6	7
8	9	10	11	12	13	14
15	16	17	18	19	20	21
22	23	24	25	26	27	28
29						

MARCH
M	T	W	T	F	S	S
	1	2	3	4	5	6
7	8	9	10	11	12	13
14	15	16	17	18	19	20
21	22	23	24	25	26	27
28	29	30	31			

MON 1

TUE 2

GROUNDHOG DAY

WED 3

THU 4

FRI 5

SAT 6

SUN 7

FEBRUARY
M T W T F S S
1 2 3 4 5 6 7
8 9 10 11 12 13 14
15 16 17 18 19 20 21
22 23 24 25 26 27 28
29

MARCH
M T W T F S S
1 2 3 4 5 6
7 8 9 10 11 12 13
14 15 16 17 18 19 20
21 22 23 24 25 26 27
28 29 30 31

FEBRUARY

MON — 8

CHINESE NEW YEAR

TUE — 9

WED — 10

ASH WEDNESDAY

THU — 11

FRI — 12

SAT — 13

SUN — 14

ST. VALENTINE'S DAY

FEBRUARY	MARCH
M T W T F S S	M T W T F S S
1 2 3 4 5 6 7	1 2 3 4 5 6
8 9 10 11 12 13 14	7 8 9 10 11 12 13
15 16 17 18 19 20 21	14 15 16 17 18 19 20
22 23 24 25 26 27 28	21 22 23 24 25 26 27
29	28 29 30 31

MON 15

PRESIDENTS' DAY (US)

TUE 16

WED 17

THU 18

FRI 19

SAT 20

SUN 21

FEBRUARY

M	T	W	T	F	S	S
1	2	3	4	5	6	7
8	9	10	11	12	13	14
15	16	17	18	19	20	21
22	23	24	25	26	27	28
29						

MARCH

M	T	W	T	F	S	S
	1	2	3	4	5	6
7	8	9	10	11	12	13
14	15	16	17	18	19	20
21	22	23	24	25	26	27
28	29	30	31			

FEBRUARY

MON 22

FULL MOON

TUE 23

WED 24

THU 25

FRI 26

SAT 27

SUN 28

	FEBRUARY								MARCH					
M	**T**	**W**	**T**	**F**	**S**	**S**		**M**	**T**	**W**	**T**	**F**	**S**	**S**
1	2	3	4	5	6	7			1	2	3	4	5	6
8	9	10	11	12	13	14		7	8	9	10	11	12	13
15	16	17	18	19	20	21		14	15	16	17	18	19	20
22	23	24	25	26	27	28		21	22	23	24	25	26	27
29								28	29	30	31			

MON   29

TUE   1

WED   2

THU   3

FRI   4

SAT   5

SUN   6

MARCH							APRIL						
M	T	W	T	F	S	S	M	T	W	T	F	S	S
	1	2	3	4	5	6					1	2	3
7	8	9	10	11	12	13	4	5	6	7	8	9	10
14	15	16	17	18	19	20	11	12	13	14	15	16	17
21	22	23	24	25	26	27	18	19	20	21	22	23	24
28	29	30	31				25	26	27	28	29	30	

MARCH

MON · 7

TUE · 8

INTERNATIONAL WOMEN'S DAY

WED · 9

THU · 10

FRI · 11

SAT · 12

SUN · 13

DAYLIGHT SAVING TIME BEGINS (US & CANADA)

MARCH

MARCH

M	T	W	T	F	S	S
	1	2	3	4	5	6
7	8	9	10	11	12	13
14	15	16	17	18	19	20
21	22	23	24	25	26	27
28	29	30	31			

APRIL

M	T	W	T	F	S	S
				1	2	3
4	5	6	7	8	9	10
11	12	13	14	15	16	17
18	19	20	21	22	23	24
25	26	27	28	29	30	

MON   14

TUE   15

WED   16

THU   17

ST. PATRICK'S DAY

FRI   18

SAT   19

SUN   20

FIRST DAY OF SPRING / PALM SUNDAY

MARCH	APRIL
M T W T F S S	M T W T F S S
1 2 3 4 5 6	1 2 3
7 8 9 10 11 12 13	4 5 6 7 8 9 10
14 15 16 17 18 19 20	11 12 13 14 15 16 17
21 22 23 24 25 26 27	18 19 20 21 22 23 24
28 29 30 31	25 26 27 28 29 30

MARCH

MON

21

TUE

22

WED

23

FULL MOON

THU

24

FRI

25

GOOD FRIDAY

SAT

26

SUN

27

EASTER

MARCH

M	T	W	T	F	S	S
	1	2	3	4	5	6
7	8	9	10	11	12	13
14	15	16	17	18	19	20
21	22	23	24	25	26	27
28	29	30	31			

APRIL

M	T	W	T	F	S	S
				1	2	3
4	5	6	7	8	9	10
11	12	13	14	15	16	17
18	19	20	21	22	23	24
25	26	27	28	29	30	

MON   28

EASTER MONDAY (CANADA & UK)

TUE   29

WED   30

THU   31

FRI   1

SAT   2

SUN   3

APRIL
M T W T F S S
       1 2 3
4 5 6 7 8 9 10
11 12 13 14 15 16 17
18 19 20 21 22 23 24
25 26 27 28 29 30

MAY
M T W T F S S
            1
2 3 4 5 6 7 8
9 10 11 12 13 14 15
16 17 18 19 20 21 22
23 24 25 26 27 28 29
30 31

APRIL

MON   4

TUE   5

WED   6

THU   7

FRI   8

SAT   9

SUN   10

APRIL

APRIL							MAY						
M	T	W	T	F	S	S	M	T	W	T	F	S	S
				1	2	3							1
4	5	6	7	8	9	10	2	3	4	5	6	7	8
11	12	13	14	15	16	17	9	10	11	12	13	14	15
18	19	20	21	22	23	24	16	17	18	19	20	21	22
25	26	27	28	29	30		23	24	25	26	27	28	29
							30	31					

MON   11

TUE   12

WED   13

THU   14

FRI   15

SAT   16

SUN   17

APRIL

M	T	W	T	F	S	S
				1	2	3
4	5	6	7	8	9	10
11	12	13	14	15	16	17
18	19	20	21	22	23	24
25	26	27	28	29	30	

MAY

M	T	W	T	F	S	S
						1
2	3	4	5	6	7	8
9	10	11	12	13	14	15
16	17	18	19	20	21	22
23	24	25	26	27	28	29
30	31					

APRIL

MON 18

TUE 19

WED 20

THU 21

FRI 22

PASSOVER (BEGINS AT SUNDOWN) / FULL MOON / EARTH DAY

SAT 23

SUN 24

APRIL

M	T	W	T	F	S	S
				1	2	3
4	5	6	7	8	9	10
11	12	13	14	15	16	17
18	19	20	21	22	23	24
25	26	27	28	29	30	

MAY

M	T	W	T	F	S	S
						1
2	3	4	5	6	7	8
9	10	11	12	13	14	15
16	17	18	19	20	21	22
23	24	25	26	27	28	29
30	31					

MON   25

TUE   26

WED   27

THU   28

FRI   29

SAT   30

SUN   1

ORTHODOX EASTER

MAY

M	T	W	T	F	S	S
						1
2	3	4	5	6	7	8
9	10	11	12	13	14	15
16	17	18	19	20	21	22
23	24	25	26	27	28	29
30	31					

JUNE

M	T	W	T	F	S	S
		1	2	3	4	5
6	7	8	9	10	11	12
13	14	15	16	17	18	19
20	21	22	23	24	25	26
27	28	29	30			

MAY

MON   2

EARLY MAY BANK HOLIDAY (UK)

TUE   3

WED   4

THU   5

FRI   6

SAT   7

SUN   8

MOTHER'S DAY

	MAY	JUNE
	M T W T F S S	M T W T F S S
	1	1 2 3 4 5
	2 3 4 5 6 7 8	6 7 8 9 10 11 12
	9 10 11 12 13 14 15	13 14 15 16 17 18 19
	16 17 18 19 20 21 22	20 21 22 23 24 25 26
	23 24 25 26 27 28 29	27 28 29 30
	30 31	

MON   9

TUE   10

WED   11

THU   12

FRI   13

SAT   14

SUN   15

MAY
M T W T F S S
                1
2 3 4 5 6 7 8
9 10 11 12 13 14 15
16 17 18 19 20 21 22
23 24 25 26 27 28 29
30 31

JUNE
M T W T F S S
      1 2 3 4 5
6 7 8 9 10 11 12
13 14 15 16 17 18 19
20 21 22 23 24 25 26
27 28 29 30

MAY

MON   16

TUE   17

WED   18

THU   19

FRI   20

SAT   21

FULL MOON

SUN   22

	MAY							JUNE					
M	T	W	T	F	S	S	M	T	W	T	F	S	S
						1		1	2	3	4	5
2	3	4	5	6	7	8	6	7	8	9	10	11	12
9	10	11	12	13	14	15	13	14	15	16	17	18	19
16	17	18	19	20	21	22	20	21	22	23	24	25	26
23	24	25	26	27	28	29	27	28	29	30			
30	31												

MON 23

VICTORIA DAY (CANADA)

TUE 24

WED 25

THU 26

FRI 27

SAT 28

SUN 29

MAY
M T W T F S S
                1
2 3 4 5 6 7 8
9 10 11 12 13 14 15
16 17 18 19 20 21 22
23 24 25 26 27 28 29
30 31

JUNE
M T W T F S S
    1 2 3 4 5
6 7 8 9 10 11 12
13 14 15 16 17 18 19
20 21 22 23 24 25 26
27 28 29 30

MAY · JUNE

MON   30

Memorial Day (US) / Spring Bank Holiday (UK)

TUE   31

WED   1

THU   2

FRI   3

SAT   4

SUN   5

Ramadan (Begins at Sundown)

JUNE

JUNE
M	T	W	T	F	S	S
		1	2	3	4	5
6	7	8	9	10	11	12
13	14	15	16	17	18	19
20	21	22	23	24	25	26
27	28	29	30			

JULY
M	T	W	T	F	S	S
				1	2	3
4	5	6	7	8	9	10
11	12	13	14	15	16	17
18	19	20	21	22	23	24
25	26	27	28	29	30	31

MON 6

TUE 7

WED 8

THU 9

FRI 10

SAT 11

SUN 12

JUNE

M	T	W	T	F	S	S
		1	2	3	4	5
6	7	8	9	10	11	12
13	14	15	16	17	18	19
20	21	22	23	24	25	26
27	28	29	30			

JULY

M	T	W	T	F	S	S
				1	2	3
4	5	6	7	8	9	10
11	12	13	14	15	16	17
18	19	20	21	22	23	24
25	26	27	28	29	30	31

JUNE

MON　　13

TUE　　14

WED　　15

THU　　16

FRI　　17

SAT　　18

SUN　　19

JUNE

M	T	W	T	F	S	S
		1	2	3	4	5
6	7	8	9	10	11	12
13	14	15	16	17	18	19
20	21	22	23	24	25	26
27	28	29	30			

JULY

M	T	W	T	F	S	S
				1	2	3
4	5	6	7	8	9	10
11	12	13	14	15	16	17
18	19	20	21	22	23	24
25	26	27	28	29	30	31

MON   20

FIRST DAY OF SUMMER / FULL MOON

TUE   21

WED   22

THU   23

FRI   24

SAT   25

SUN   26

JUNE

M	T	W	T	F	S	S
	1	2	3	4	5	
6	7	8	9	10	11	12
13	14	15	16	17	18	19
20	21	22	23	24	25	26
27	28	29	30			

JULY

M	T	W	T	F	S	S
				1	2	3
4	5	6	7	8	9	10
11	12	13	14	15	16	17
18	19	20	21	22	23	24
25	26	27	28	29	30	31

JUNE · JULY

MON 27

TUE 28

WED 29

THU 30

FRI 1

CANADA DAY

SAT 2

SUN 3

JULY

M	T	W	T	F	S	S
				1	2	3
4	5	6	7	8	9	10
11	12	13	14	15	16	17
18	19	20	21	22	23	24
25	26	27	28	29	30	31

AUGUST

M	T	W	T	F	S	S
1	2	3	4	5	6	7
8	9	10	11	12	13	14
15	16	17	18	19	20	21
22	23	24	25	26	27	28
29	30	31				

JULY

MON   4

INDEPENDENCE DAY (US)

TUE   5

EID AL-FITR (BEGINS AT SUNDOWN)

WED   6

THU   7

FRI   8

SAT   9

SUN   10

JULY

M	T	W	T	F	S	S
				1	2	3
4	5	6	7	8	9	10
11	12	13	14	15	16	17
18	19	20	21	22	23	24
25	26	27	28	29	30	31

AUGUST

M	T	W	T	F	S	S
1	2	3	4	5	6	7
8	9	10	11	12	13	14
15	16	17	18	19	20	21
22	23	24	25	26	27	28
29	30	31				

JULY

MON 11

TUE 12

WED 13

THU 14

FRI 15

SAT 16

SUN 17

JULY

	M	T	W	T	F	S	S
					1	2	3
	4	5	6	7	8	9	10
	11	12	13	14	15	16	17
	18	19	20	21	22	23	24
	25	26	27	28	29	30	31

AUGUST

M	T	W	T	F	S	S
1	2	3	4	5	6	7
8	9	10	11	12	13	14
15	16	17	18	19	20	21
22	23	24	25	26	27	28
29	30	31				

JULY

MON 18

TUE 19

FULL MOON

WED 20

THU 21

FRI 22

SAT 23

SUN 24

JULY							AUGUST						
M	T	W	T	F	S	S	M	T	W	T	F	S	S
				1	2	3	1	2	3	4	5	6	7
4	5	6	7	8	9	10	8	9	10	11	12	13	14
11	12	13	14	15	16	17	15	16	17	18	19	20	21
18	19	20	21	22	23	24	22	23	24	25	26	27	28
25	26	27	28	29	30	31	29	30	31				

JULY

MON · 25

TUE · 26

WED · 27

THU · 28

FRI · 29

SAT · 30

SUN · 31

AUGUST

AUGUST
M T W T F S S
1 2 3 4 5 6 7
8 9 10 11 12 13 14
15 16 17 18 19 20 21
22 23 24 25 26 27 28
29 30 31

SEPTEMBER
M T W T F S S
1 2 3 4
5 6 7 8 9 10 11
12 13 14 15 16 17 18
19 20 21 22 23 24 25
26 27 28 29 30

MON   1

TUE   2

WED   3

THU   4

FRI   5

SAT   6

SUN   7

AUGUST	SEPTEMBER	
M T W T F S S	M T W T F S S	
1 2 3 4 5 6 7	1 2 3 4	
8 9 10 11 12 13 14	5 6 7 8 9 10 11	
15 16 17 18 19 20 21	12 13 14 15 16 17 18	
22 23 24 25 26 27 28	19 20 21 22 23 24 25	
29 30 31	26 27 28 29 30	**AUGUST**

MON 8

TUE 9

WED 10

THU 11

FRI 12

SAT 13

SUN 14

AUGUST							SEPTEMBER						
M	T	W	T	F	S	S	M	T	W	T	F	S	S
1	2	3	4	5	6	7				1	2	3	4
8	9	10	11	12	13	14	5	6	7	8	9	10	11
15	16	17	18	19	20	21	12	13	14	15	16	17	18
22	23	24	25	26	27	28	19	20	21	22	23	24	25
29	30	31					26	27	28	29	30		

AUGUST

MON

15

TUE

16

WED

17

THU

18

FULL MOON

FRI

19

SAT

20

SUN

21

AUGUST

M	T	W	T	F	S	S
1	2	3	4	5	6	7
8	9	10	11	12	13	14
15	16	17	18	19	20	21
22	23	24	25	26	27	28
29	30	31				

SEPTEMBER

M	T	W	T	F	S	S
			1	2	3	4
5	6	7	8	9	10	11
12	13	14	15	16	17	18
19	20	21	22	23	24	25
26	27	28	29	30		

AUGUST

MON   22

TUE   23

WED   24

THU   25

FRI   26

SAT   27

SUN   28

AUGUST · SEPTEMBER

AUGUST						
M	T	W	T	F	S	S
1	2	3	4	5	6	7
8	9	10	11	12	13	14
15	16	17	18	19	20	21
22	23	24	25	26	27	28
29	30	31				

SEPTEMBER						
M	T	W	T	F	S	S
			1	2	3	4
5	6	7	8	9	10	11
12	13	14	15	16	17	18
19	20	21	22	23	24	25
26	27	28	29	30		

MON   29

SUMMER BANK HOLIDAY (UK)

TUE   30

WED   31

THU   1

FRI   2

SAT   3

SUN   4

SEPTEMBER	OCTOBER
M T W T F S S	M T W T F S S
1 2 3 4	1 2
5 6 7 8 9 10 11	3 4 5 6 7 8 9
12 13 14 15 16 17 18	10 11 12 13 14 15 16
19 20 21 22 23 24 25	17 18 19 20 21 22 23
26 27 28 29 30	24 25 26 27 28 29 30
	31

SEPTEMBER

MON · 5

LABOR DAY (US & CANADA)

TUE · 6

WED · 7

THU · 8

FRI · 9

SAT · 10

SUN · 11

SEPTEMBER

SEPTEMBER
M T W T F S S
1 2 3 4
5 6 7 8 9 10 11
12 13 14 15 16 17 18
19 20 21 22 23 24 25
26 27 28 29 30

OCTOBER
M T W T F S S
1 2
3 4 5 6 7 8 9
10 11 12 13 14 15 16
17 18 19 20 21 22 23
24 25 26 27 28 29 30
31

MON

12

TUE

13

WED

14

THU

15

FRI

16

FULL MOON

SAT

17

SUN

18

SEPTEMBER
M T W T F S S
            1 2 3 4
5 6 7 8 9 10 11
12 13 14 15 16 17 18
19 20 21 22 23 24 25
26 27 28 29 30

OCTOBER
M T W T F S S
                  1 2
3 4 5 6 7 8 9
10 11 12 13 14 15 16
17 18 19 20 21 22 23
24 25 26 27 28 29 30
31

SEPTEMBER

MON   19

TUE   20

WED   21

INTERNATIONAL DAY OF PEACE

THU   22

FIRST DAY OF AUTUMN

FRI   23

SAT   24

SUN   25

SEPTEMBER

M	T	W	T	F	S	S
			1	2	3	4
5	6	7	8	9	10	11
12	13	14	15	16	17	18
19	20	21	22	23	24	25
26	27	28	29	30		

OCTOBER

M	T	W	T	F	S	S
					1	2
3	4	5	6	7	8	9
10	11	12	13	14	15	16
17	18	19	20	21	22	23
24	25	26	27	28	29	30
31						

MON   26

TUE   27

WED   28

THU   29

FRI   30

SAT   1

SUN   2

ROSH HASHANAH (BEGINS AT SUNDOWN)

IT'S TIME TO ORDER YOUR 2017

GAME OF THRONES

ENGAGEMENT CALENDAR

TAKE THIS FORM TO YOUR BOOK OR STATIONERY DEALER, OR MAIL TO:

UNIVERSE PUBLISHING
300 PARK AVENUE SOUTH
NEW YORK, NY 10010

INCLUDED IS MY CHECK / MONEY ORDER FOR THE 2017 GAME OF THRONES
ENGAGEMENT CALENDAR (PLEASE MAKE CHECK PAYABLE TO UNIVERSE PUBLISHING):

_____ COPIES @ $16.99 EACH   _____

POSTAGE/HANDLING (CONTINENTAL U.S. ONLY): ADD SHIPPING ZONE RATE _____
(ZONE RATES: EAST $9.00; MIDWEST $10.00; WEST $11.00)
FOR SHIPPING OUTSIDE THE CONTINENTAL U.S., CALL 1-800-52-BOOKS FOR FREIGHT QUOTE.

FOR MULTIPLE COPIES, ADD $1 PER COPY   _____

SUBTOTAL   _____

NEW YORK STATE RESIDENTS ADD 8.875% SALES TAX   _____
(ON SUBTOTAL INCLUDING SHIPPING)

TOTAL AMOUNT OF CHECK/MONEY ORDER ENCLOSED   _____

CREDIT CARD: AMEX _____ DISC _____ MC_____ VISA _____
ACCOUNT NUMBER _____
EXP. DATE _____ CARD VERIFICATION CODE (3 OR 4 DIGITS) _____
SIGNATURE _____

NAME_____
ADDRESS_____
CITY _____ STATE_____ ZIP _____
PHONE* _____ DATE _____
*REQUIRED FOR ALL CREDIT CARD ORDERS.

PLEASE VISIT OUR WEBSITE, WWW.RIZZOLIUSA.COM, TO DOWNLOAD YOUR COPY OF THE
ILLUSTRATED CALENDAR CATALOG.

OCTOBER
M T W T F S S
            1 2
3 4 5 6 7 8 9
10 11 12 13 14 15 16
17 18 19 20 21 22 23
24 25 26 27 28 29 30
31

NOVEMBER
M T W T F S S
1 2 3 4 5 6
7 8 9 10 11 12 13
14 15 16 17 18 19 20
21 22 23 24 25 26 27
28 29 30

OCTOBER

MON 3

TUE 4

WED 5

THU 6

FRI 7

SAT 8

SUN 9

OCTOBER

OCTOBER

M	T	W	T	F	S	S
					1	2
3	4	5	6	7	8	9
10	11	12	13	14	15	16
17	18	19	20	21	22	23
24	25	26	27	28	29	30
31

NOVEMBER

M	T	W	T	F	S	S
	1	2	3	4	5	6
7	8	9	10	11	12	13
14	15	16	17	18	19	20
21	22	23	24	25	26	27
28	29	30

MON   10

COLUMBUS DAY (US)

THANKSGIVING DAY (CANADA)

TUE   11

YOM KIPPUR (BEGINS AT SUNDOWN)

WED   12

THU   13

FRI   14

SAT   15

SUN   16

FULL MOON

OCTOBER
M T W T F S S
          1 2
3 4 5 6 7 8 9
10 11 12 13 14 15 16
17 18 19 20 21 22 23
24 25 26 27 28 29 30
31

NOVEMBER
M T W T F S S
    1 2 3 4 5 6
7 8 9 10 11 12 13
14 15 16 17 18 19 20
21 22 23 24 25 26 27
28 29 30

OCTOBER

MON | 17

TUE | 18

WED | 19

THU | 20

FRI | 21

SAT | 22

SUN | 23

OCTOBER

OCTOBER
M	T	W	T	F	S	S
					1	2
3	4	5	6	7	8	9
10	11	12	13	14	15	16
17	18	19	20	21	22	23
24	25	26	27	28	29	30
31						

NOVEMBER
M	T	W	T	F	S	S
	1	2	3	4	5	6
7	8	9	10	11	12	13
14	15	16	17	18	19	20
21	22	23	24	25	26	27
28	29	30				

MON   24

TUE   25

WED   26

THU   27

FRI   28

SAT   29

SUN   30

OCTOBER
M T W T F S S
                1 2
3 4 5 6 7 8 9
10 11 12 13 14 15 16
17 18 19 20 21 22 23
24 25 26 27 28 29 30
31

NOVEMBER
M T W T F S S
      1 2 3 4 5 6
7 8 9 10 11 12 13
14 15 16 17 18 19 20
21 22 23 24 25 26 27
28 29 30

OCTOBER · NOVEMBER

MON   31

                                      HALLOWEEN

TUE   1

WED   2

THU   3

FRI   4

SAT   5

SUN   6

DAYLIGHT SAVING TIME ENDS (US & CANADA)

NOVEMBER

M	T	W	T	F	S	S
	1	2	3	4	5	6
7	8	9	10	11	12	13
14	15	16	17	18	19	20
21	22	23	24	25	26	27
28	29	30				

DECEMBER

M	T	W	T	F	S	S
			1	2	3	4
5	6	7	8	9	10	11
12	13	14	15	16	17	18
19	20	21	22	23	24	25
26	27	28	29	30	31	

November

MON   7

TUE   8

ELECTION DAY (US)

WED   9

THU   10

FRI   11

VETERANS DAY (US)

REMEMBRANCE DAY (CANADA)

SAT   12

SUN   13

REMEMBRANCE SUNDAY (UK)

NOVEMBER
M T W T F S S
1 2 3 4 5 6
7 8 9 10 11 12 13
14 15 16 17 18 19 20
21 22 23 24 25 26 27
28 29 30

DECEMBER
M T W T F S S
1 2 3 4
5 6 7 8 9 10 11
12 13 14 15 16 17 18
19 20 21 22 23 24 25
26 27 28 29 30 31

NOVEMBER

MON   14

FULL MOON

TUE   15

WED   16

THU   17

FRI   18

SAT   19

SUN   20

NOVEMBER

M	T	W	T	F	S	S
	1	2	3	4	5	6
7	8	9	10	11	12	13
14	15	16	17	18	19	20
21	22	23	24	25	26	27
28	29	30				

DECEMBER

M	T	W	T	F	S	S
			1	2	3	4
5	6	7	8	9	10	11
12	13	14	15	16	17	18
19	20	21	22	23	24	25
26	27	28	29	30	31	

November

MON 21

TUE 22

WED 23

THU 24

THANKSGIVING DAY (US)

FRI 25

SAT 26

SUN 27

NOVEMBER
M T W T F S S
1 2 3 4 5 6
7 8 9 10 11 12 13
14 15 16 17 18 19 20
21 22 23 24 25 26 27
28 29 30

DECEMBER
M T W T F S S
1 2 3 4
5 6 7 8 9 10 11
12 13 14 15 16 17 18
19 20 21 22 23 24 25
26 27 28 29 30 31

NOVEMBER · DECEMBER

MON   28

TUE   29

WED   30

THU   1

FRI   2

SAT   3

SUN   4

DECEMBER

DECEMBER 2016
M	T	W	T	F	S	S
			1	2	3	4
5	6	7	8	9	10	11
12	13	14	15	16	17	18
19	20	21	22	23	24	25
26	27	28	29	30	31	

JANUARY 2017
M	T	W	T	F	S	S
						1
2	3	4	5	6	7	8
9	10	11	12	13	14	15
16	17	18	19	20	21	22
23	24	25	26	27	28	29
30	31					

MON 5

TUE 6

WED 7

THU 8

FRI 9

SAT 10

HUMAN RIGHTS DAY

SUN 11

DECEMBER 2016
M T W T F S S
1 2 3 4
5 6 7 8 9 10 11
12 13 14 15 16 17 18
19 20 21 22 23 24 25
26 27 28 29 30 31

JANUARY 2017
M T W T F S S
1
2 3 4 5 6 7 8
9 10 11 12 13 14 15
16 17 18 19 20 21 22
23 24 25 26 27 28 29
30 31

DECEMBER

MON 12

TUE 13

FULL MOON

WED 14

THU 15

FRI 16

SAT 17

SUN 18

DECEMBER

DECEMBER 2016
M T W T F S S
            1 2 3 4
 5 6 7 8 9 10 11
12 13 14 15 16 17 18
19 20 21 22 23 24 25
26 27 28 29 30 31

JANUARY 2017
M T W T F S S
                  1
 2 3 4 5 6 7 8
 9 10 11 12 13 14 15
16 17 18 19 20 21 22
23 24 25 26 27 28 29
30 31

MON

19

TUE

20

WED

21

FIRST DAY OF WINTER

THU

22

FRI

23

SAT

24

HANUKKAH (BEGINS AT SUNDOWN)

SUN

25

CHRISTMAS

DECEMBER 2016
M T W T F S S
      1 2 3 4
5 6 7 8 9 10 11
12 13 14 15 16 17 18
19 20 21 22 23 24 25
26 27 28 29 30 31

JANUARY 2017
M T W T F S S
           1
2 3 4 5 6 7 8
9 10 11 12 13 14 15
16 17 18 19 20 21 22
23 24 25 26 27 28 29
30 31

DECEMBER 2016 · JANUARY 2017

MON   26

KWANZAA BEGINS

BOXING DAY (CANADA & UK)

TUE   27

WED   28

THU   29

FRI   30

SAT   31

SUN   1

NEW YEAR'S DAY

2016

JANUARY
S	M	T	W	T	F	S
					1	2
3	4	5	6	7	8	9
10	11	12	13	14	15	16
17	18	19	20	21	22	23
24	25	26	27	28	29	30
31						

FEBRUARY
S	M	T	W	T	F	S
	1	2	3	4	5	6
7	8	9	10	11	12	13
14	15	16	17	18	19	20
21	22	23	24	25	26	27
28	29					

MARCH
S	M	T	W	T	F	S
		1	2	3	4	5
6	7	8	9	10	11	12
13	14	15	16	17	18	19
20	21	22	23	24	25	26
27	28	29	30	31		

APRIL
S	M	T	W	T	F	S
					1	2
3	4	5	6	7	8	9
10	11	12	13	14	15	16
17	18	19	20	21	22	23
24	25	26	27	28	29	30

MAY
S	M	T	W	T	F	S
1	2	3	4	5	6	7
8	9	10	11	12	13	14
15	16	17	18	19	20	21
22	23	24	25	26	27	28
29	30	31				

JUNE
S	M	T	W	T	F	S
			1	2	3	4
5	6	7	8	9	10	11
12	13	14	15	16	17	18
19	20	21	22	23	24	25
26	27	28	29	30		

JULY
S	M	T	W	T	F	S
					1	2
3	4	5	6	7	8	9
10	11	12	13	14	15	16
17	18	19	20	21	22	23
24	25	26	27	28	29	30
31						

AUGUST
S	M	T	W	T	F	S
	1	2	3	4	5	6
7	8	9	10	11	12	13
14	15	16	17	18	19	20
21	22	23	24	25	26	27
28	29	30	31			

SEPTEMBER
S	M	T	W	T	F	S
				1	2	3
4	5	6	7	8	9	10
11	12	13	14	15	16	17
18	19	20	21	22	23	24
25	26	27	28	29	30	

OCTOBER
S	M	T	W	T	F	S
						1
2	3	4	5	6	7	8
9	10	11	12	13	14	15
16	17	18	19	20	21	22
23	24	25	26	27	28	29
30	31					

NOVEMBER
S	M	T	W	T	F	S
		1	2	3	4	5
6	7	8	9	10	11	12
13	14	15	16	17	18	19
20	21	22	23	24	25	26
27	28	29	30			

DECEMBER
S	M	T	W	T	F	S
				1	2	3
4	5	6	7	8	9	10
11	12	13	14	15	16	17
18	19	20	21	22	23	24
25	26	27	28	29	30	31

2017

JANUARY
S	M	T	W	T	F	S
1	2	3	4	5	6	7
8	9	10	11	12	13	14
15	16	17	18	19	20	21
22	23	24	25	26	27	28
29	30	31				

FEBRUARY
S	M	T	W	T	F	S
			1	2	3	4
5	6	7	8	9	10	11
12	13	14	15	16	17	18
19	20	21	22	23	24	25
26	27	28				

MARCH
S	M	T	W	T	F	S
			1	2	3	4
5	6	7	8	9	10	11
12	13	14	15	16	17	18
19	20	21	22	23	24	25
26	27	28	29	30	31	

APRIL
S	M	T	W	T	F	S
						1
2	3	4	5	6	7	8
9	10	11	12	13	14	15
16	17	18	19	20	21	22
23	24	25	26	27	28	29
30						

MAY
S	M	T	W	T	F	S
	1	2	3	4	5	6
7	8	9	10	11	12	13
14	15	16	17	18	19	20
21	22	23	24	25	26	27
28	29	30	31			

JUNE
S	M	T	W	T	F	S
				1	2	3
4	5	6	7	8	9	10
11	12	13	14	15	16	17
18	19	20	21	22	23	24
25	26	27	28	29	30	

JULY
S	M	T	W	T	F	S
						1
2	3	4	5	6	7	8
9	10	11	12	13	14	15
16	17	18	19	20	21	22
23	24	25	26	27	28	29
30	31					

AUGUST
S	M	T	W	T	F	S
		1	2	3	4	5
6	7	8	9	10	11	12
13	14	15	16	17	18	19
20	21	22	23	24	25	26
27	28	29	30	31		

SEPTEMBER
S	M	T	W	T	F	S
					1	2
3	4	5	6	7	8	9
10	11	12	13	14	15	16
17	18	19	20	21	22	23
24	25	26	27	28	29	30

OCTOBER
S	M	T	W	T	F	S
1	2	3	4	5	6	7
8	9	10	11	12	13	14
15	16	17	18	19	20	21
22	23	24	25	26	27	28
29	30	31				

NOVEMBER
S	M	T	W	T	F	S
			1	2	3	4
5	6	7	8	9	10	11
12	13	14	15	16	17	18
19	20	21	22	23	24	25
26	27	28	29	30		

DECEMBER
S	M	T	W	T	F	S
					1	2
3	4	5	6	7	8	9
10	11	12	13	14	15	16
17	18	19	20	21	22	23
24	25	26	27	28	29	30
31						